AF240228

Charles Albert JANOT

DES

FABLES

PRIX : 3 Francs

EDITIONS FANTAISIE SUCCES
11, Rue du Faubourg Saint-Antoine, 11
PARIS XI
19[illegible]7

Quelques Opinions

« J'ai lu, avec un vif intérêt, les trois fables que vous avez bien voulu me communiquer ; elles sont d'une fort agréable lecture et je vous remercie du plaisir que j'y ai pris ». Henri de RÉGNIER,
de l'Académie Française.

* *

« Merci de m'envoyer vos fables, qui sont charmantes, pleines de sens. D'autre part, un vieil ami de la Poésie, comme je me vante d'en être un, goûte beaucoup, je vous assure, le charme et l'ingéniosité de vos vers ». Tristan BERNARD.

* *

« Vous avez osé, après La Fontaine, écrire des fables, et, les yeux fixés sur votre modèle, vous y avez parfaitement réussi. Simple et saine morale, esprit, grâce, clarté, jolie aisance, facture souple et déliée, rien n'y manque ».

G. ZIDLER,
Professeur agrégé au Lycée Hoche, à Versailles.

* *

« Vos fables m'ont ravi. Elles sont d'une finesse, d'une sagesse et d'un esprit charmants. Permettez-moi de vous féliciter ».

Henri DUVERNOIS.

* *

« J'ai lu vos fables avec grand plaisir. J'en ai admiré la facture souple et sûre, l'esprit, un sentiment très délicat des nuances. Vous excellez dans un genre devenu bien difficile depuis La Fontaine ».

P. VILLEY,
Professeur à l'Université de Caen.

* *

« Vos fables sont de belles pièces à dire, non seulement pour des enfants, mais aussi pour des artistes ; que de nuances à exprimer, que de jolies choses à mettre en valeur, que de contenu que d'effet dans les finales, dans les moralités ».

— Léon FRAPIÉ.

* *

« J'ai lu vos fables et je les ai trouvées charmantes. C'est un genre qui paraît usé et dans lequel — vous venez de le prouver — on peut faire encore de sipirituelles trouvailles ».

Fernand GREGH.

* *

« La sagesse s'échappe de ces feuillets comme du coffret magique des légendes, sagesse gaie qui renouvelle, avec une curieuse ingéniosité, un genre qu'on croyait épuisé, tout au moins exploité jusqu'au tréfonds par un maître sans élèves dont le génie éliminait toute possibilité de concurrence. Eh bien non, voici un fabuliste, spécimen unique de l'espèce, sauvé du déluge romancieux. Bravo ! »

Jacques FERNY.

Quelques Opinions

« *J'ai lu, avec un vif intérêt, les trois fables que vous avez bien voulu me communiquer ; elles sont d'une fort agréable lecture et je vous remercie du plaisir que j'y ai pris* ». HENRI DE RÉGNIER,
de l'Académie Française.

* *

« *Merci de m'envoyer vos fables, qui sont charmantes, pleines de sens. D'autre part, un vieil ami de la Poésie, comme je me vante d'en être un, goûte beaucoup, je vous assure, le charme et l'ingéniosité de vos vers* ». TRISTAN BERNARD.

* *

« *Vous avez osé, après La Fontaine, écrire des fables, et, les yeux fixés sur votre modèle, vous y avez parfaitement réussi. Simple et saine morale, esprit, grâce, clarté, jolie aisance, facture souple et déliée, rien n'y manque* ».

G. ZIDLER,
Professeur agrégé au Lycée Hoche, à Versailles.

* *

« *Vos fables m'ont ravi. Elles sont d'une finesse, d'une sagesse et d'un esprit charmants. Permettez-moi de vous féliciter* ».

HENRI DUVERNOIS.

* *

« *J'ai lu vos fables avec grand plaisir. J'en ai admiré la facture souple et sûre, l'esprit, un sentiment très délicat des nuances. Vous excellez dans un genre devenu bien difficile depuis La Fontaine* ».

P. VILLEY,
Professeur à l'Université de Caen.

* *

« *Vos fables sont de belles pièces à dire, non seulement pour des enfants, mais aussi pour des artistes ; que de nuances à exprimer, que de jolies choses à mettre en valeur, que de contenu que d'effet dans les finales, dans les moralités* ». — LÉON FRAPIÉ.

* *

« *J'ai lu vos fables et je les ai trouvées charmantes. C'est un genre qui paraît usé et dans lequel — vous venez de le prouver — on peut faire encore de spirituelles trouvailles* ». FERNAND GREGH.

* *

« *La sagesse s'échappe de ces feuillets comme du coffret magique des légendes, sagesse gaie qui renouvelle, avec une curieuse ingéniosité, un genre qu'on croyait épuisé, tout au moins exploité jusqu'au tréfonds par un maître sans élèves dont le génie éliminait toute possibilité de concurrence. Eh bien non, voici un fabuliste, spécimen unique de l'espèce, sauvé du déluge romancieux. Bravo !* » JACQUES FERNY.

La Chenille et le Papillon

Deux chenilles vivaient heureuses
Dans un massif toujours fleuri.
En robe de velours, côte à côte, onduleuses,
On les voyait grimper au rosier favori ;
Et c'étaient des festins de bourgeons, de corolles
  Qui les grisaient, les rendaient folles.
Et qui se prolongeaient jusqu'au jour assombri.
  Hélas, un matin, l'une d'elles
Se réveilla dolente au fond de leur abri ;
Sa chère amie eut beau lui chercher des querelles,
Plaisanter sa paresse ou sa débilité,
Elle se renferma dans l'immobilité.
  Et l'autre s'en fut, solitaire,
  Traîner, au hasard, son ennui.
  Plus grande encor fut sa misère,
  Alors qu'en rentrant à la nuit,
L'ingrate lui parut changée en chrysalide,
Ainsi qu'une momie en sa gaine rigide.
Quelle douleur ! Le temps fut, dès lors, un fardeau
Et notre délaissée allait au suicide.
Mais voici qu'un matin, phénomène nouveau,
La chrysalide s'ouvre : une tête s'agite,
Puis des pattes ; une aile apparaît et palpite,
Puis une autre, et, bientôt, c'est tout un papillon
  Qui s'évade de la prison.
La chenille l'admire : « Ah ! je comprends, ma belle ;
Le but de ta retraite était de ménager
Cette bonne surprise à mon amour fidèle ;
Afin de t'embellir, rien ne fut négligé :
  Sur toi, l'or à l'azur se mêle ;
Quel plaisir pour les yeux ! Je ne veux plus songer,
  Pour lors, qu'à te prouver mon zèle,
  En t'entourant de soins jaloux ».
— « Mais, dit le papillon, à qui donc parlez-vous ? »
  — « A qui ? Mais à toi ! » répond-elle.
— « Vous rêvez, il n'est rien de commun entre nous »
Et, tout fier, il ajoute, expliquant sa parole :
— « Chenille, vous rampez, tandis que moi, je vole ! »

  J'avais encore un compagnon
  Du temps joyeux de ma jeunesse ;
  Pauvre, il était aimable et bon.
  Qu'il est changé dans la richesse !
  Il roule auto, je vais à pied,
  C'en est fait de notre amitié !

Le Meunier et son Ane

Maître Thomas, meunier, s'en allait à la ville,
Clopinant à côté de son âne Cadet,
    Grison fort souvent indocile,
    Mais qu'il chargeait... comme un baudet !
Ce matin-là, deux sacs pesaient sur son échine,
    Deux gros sacs de pure farine,
    Avec quoi Maître Ragueneau,
    Roi de la tarte et du rondeau,
    Pétrirait sa pâte amandine.
Et, comme il payait bien, ce rimeur-pâtissier,
— Vendant au plus haut prix la moindre friandise ! —
Le meunier pressait l'âne et mouillait sa chemise,
De peur, en livrant tard, de le contrarier.
Les voici sur un pont, pour franchir la rivière.
    Hélas ! il est de bois, ce pont :
    Il résonne ! Et notre grison,
        Né poltron,
Au bruit sourd de ses pas, fait un bond en arrière.
Le maître courroucé s'escrime de la voix :
    — « Hue, avance, animal stupide ! »
Peine perdue ! Il a beau secouer la bride,
Cadet ne bouge. On le dirait pris dans la poix
    Comme un étourneau dans un piège.
    Les coups pleuvent. Même manège !
L'âne dresse l'oreille et gonfle les naseaux,
    Ses flancs battus ont des sursauts,
    Mais ses pieds ne changent de place.
    — « Bourrique, es-tu bien de ta race !
    Bon gré, mal gré, tu passeras
    Pourtant ce pont, foi de Thomas ! »
Aussitôt, le meunier, abandonnant la tête,
    S'attaque à l'autre extrémité
    De la bête.
Il lui saisit la queue et, sans aménité,
La tire et s'y cramponne. Alors, le baudet pense :
    — Comment, on me ferait défense
D'aller droit devant moi si c'est ma volonté ?
Je voudrais bien voir ça ! » Sur ce, notre entêté
Fait lâcher prise à l'homme et sur le pont s'élance !

    Il est, parmi le genre humain,
    Force gens de même nature
Qui n'en font qu'à leur tête et que rien ne convainc.
Pour qu'ils vous disent blanc, n'insistez pas en vain ;
Mais conseillez-leur noir ; et, comme par gageure,
Ils verront tout en blanc ; la réussite est sûre !

Le Renard et le Hérisson

Compère le Renard, en sautant un fossé,
    Dessous la patte fut blessé ;
    Sans doute, une branche d'épine
    Ou quelque bête vipérine,
    Que l'herbe haute lui cachait,
    De sa piqûre était la cause ;
Et, des yeux et du nez, Maître Goupil cherchait.
Enfin, il découvrit le petit groin rose
D'un hérisson craintif qui faisait le gros dos.
    A l'attaquer, il se dispose ;
Mais ces piquants, dressés contre tous les assauts,
Disent : Prudence ! Alors, en victime il se pose :
    — « C'est bien toi, brutal, je suppose,
    Qui m'as lardé hors de propos,
    Moi, le plus doux des animaux !
— « Pardon, dit le pauvret, j'avais craint pour mes os ;
En retombant sur moi, vous pesiez comme quatre ! »
    — « Qu'il en faut peu pour t'alarmer !
Reprend le Sire. Est-il interdit de s'ébattre
Parce que tel poltron s'en va, toujours armé
    Comme un soldat prêt à combattre ?
A quoi servirait-il d'avoir signé la paix
    Et que l'on soit en république,
Si l'on devait rester accablé sous le faix
Du lourd harnachement de l'époque héroïque ?
Hérisson, mon ami, ton armure est de trop ;
    Crois-moi, tu n'as plus rien à craindre ;
Retire, pour toujours, ce pesant paletot
Afin que, sans danger, je puisse enfin t'étreindre.
A ce touchant discours, le hérisson sourit :
— « Maître Renard, fait-il, je serais fort marri
    De mériter votre anathème ;
Aussi, pour vous prouver à quel point je vous aime,
    Je suis tout prêt, sur le champ même,
    A me priver de mes piquants ;
Mais vous, tout le premier, arrachez-vous les dents ! »

Le Chêne et l'Arbrisseau

Tout seul, au milieu de la plaine,
Un chêne,
Depuis deux siècles, se dressait,
Mais alors que l'hiver, très rude, finissait,
Il pressentit sa mort prochaine
Et révéla ce qu'il pensait.
C'est à son rejeton qu'il fit sa confidence
Pouvant servir de testament.
Eole qui passait l'enregistra, je pense,
Afin de la redire aux hommes, constamment.
— « La vie est un présent d'un prix inestimable,
Confia le vieux chêne au fragile arbrisseau.
Laisse-la t'élever dans l'azur admirable :
Tout t'apparaîtra pur, pour toi, tout sera beau,
Que si le ciel se couvre et que l'orage gronde,
Ne crains rien, car, en ce bas monde,
Il n'est point de tourment qui n'arrive à sa fin.
Même si l'aquilon t'arrache quelque branche,
Ne te lamente pas. Songe qu'au bois voisin,
Ce pauvre peuplier, à la tête qui penche,
Fut frappé, l'an passé, par la foudre, en plein cœur ;
Et que ce mutilé sait vivre sans rancœur :
Lutte, mon fils ; crois en ta force ;
Ta sève est généreuse et dure est ton écorce ;
Tu dois triompher des assauts.
Sois bon autant que fort. Au peuple des oiseaux
Offre l'asile sûr où les amours se nouent,
Donne ton ombre fraîche au passant fatigué
Et ton tapis de mousse aux galopins qui jouent ;
Et tu seras heureux et gai !
Car, vois-tu, de bonheur, sur terre,
Chacun peut acquérir son lot :
Faire le bien sans bruit, voilà tout le mystère,
Et quand on s'en souvient, se taire ;
Ce sera là mon dernier mot ! »

Les Lapins et le Porc-Epic

A l'orifice d'un terrier,
Un porc-épic pleurait misère :
— « Lapins, mes bons amis, de grâce, ayez pitié
D'un sans-logis, d'un pauvre hère !
Traqué par un chasseur, j'ai perdu mon chemin ;
Je suis fourbu ; j'ai froid ; j'ai faim ;
Et si votre âme hospitalière
Veut m'assister dans le besoin,
Pour cette nuit, accordez-moi le moindre coin
De votre accueillante tanière ».
Et sa voix n'était qu'un sanglot ;
Humble et contrite était sa mine.
Le cœur des Jean Lapin s'attendrit aussitôt ;
Vite, on se serre, on se piétine,
On fait large place au pauvret,
Fatale idée ! A peine est-il dans la cassine
Que le ton change : — « Il me faut, dit-il, du duvet
Pour reposer mon corps douillet ».
Le duvet obtenu : — « J'entends, fait-il, qu'on dîne
Sur le champ. Pour menu, bien que je sois gourmet,
Je veux bien accepter cette simple carotte ».
Et, dès qu'il l'eut, il la rongea ;
Il eût rongé toute une botte !
Lors, ainsi restauré, le sire s'allongea,
S'étira, hérissant les dards de son armure,
Afin de détendre ses nerfs ;
Mais de causer par là quelque grave piqûre
Aux hôtes de céans, Monseigneur n'avait cure.
Prend-on garde aux valets, aux serfs ?
Faut-il se priver d'aise à cause d'une engeance
Qui prétend ruer constamment,
Et se fait piquer bêtement ?
Victimes, en effet, de leur bonne obligeance,
Les pauvres Jean Lapin, jusqu'au lever du jour,
Tassés dans un recoin de l'antre,
N'osaient bouger ni faire un tour,
Craignant fort qu'il ne les éventre !
Enfin, le plus hardi, dès le petit matin,
L'interpella d'un ton modeste :
— « Bonjour, Maître, êtes-vous grand amateur de thym ?
A l'aube, à la rosée, il n'est pas indigeste ».
— « Ouais, fit l'autre, on me dit, sans tambour, de partir !
Pour ça, bon conseilleur, libre à vous de sortir ;
Moi qui me trouve bien, je reste ! »

L'Arabe et les Figues

En plein cœur du désert, Ahmed planta sa tente,
    Près d'un vieux puits, vite tari
    Par la soif de son méhari.
D'une outre à demi pleine, il faut qu'il se contente
Car, au sort de la bête ayant lié son sort,
Il sait que le chameau, mal abreuvé, succombe
Et qu'un homme, isolé, trouve bientôt sa tombe
Dans le sable embrasé qu'à pleine bouche il mord !
Or donc, après l'étape aux multiples fatigues,
    Le pauvre Ahmed n'a pour dîner,
Qu'un peu d'eau trouble, un biscuit sec, bien écorné,
    Et, dans un sachet, quelques figues.
La nuit étant venue, il s'assied sous la toile.
    Du ciel couvert, pas une étoile
    Ne laisse tomber sa clarté :
Les Touaregs ont pris le croissant d'Astarté !
Il fait vraiment trop noir : « Allumons la chandelle ».
    Et le roseau bourré de suif,
    Avec sa mêche de ficelle,
Crépite, en charbonnant, comme un lumignon juif.
Ahmed prend une figue : il choisit la plus belle ;
Mais, comme la plus belle est véreuse, parfois,
Il l'ouvre : — « Oh ! Oh ! Pouah ! Quel vilain ver j'y vois !
Fait-il, en la jetant. Une autre sera saine ».
    Il en rompt une et, cette fois,
Y découvre deux vers ; dans la suivante : trois !
    Aller plus loin, est-ce la peine ?
Ces fruits, apparemment, sont tous à rebuter ;
    Alors, à quoi bon s'entêter ;
    Et puis, toute colère est vaine !
Pourtant, Ahmed a faim. Au diable la clarté !
Par elle, son repas va se trouver gâté.
Mieux vaut la sombre nuit. Et, soufflant la lumière,
Il croque figue à figue et jusqu'à la dernière.

Ahmed était un sage : il faut fermer les yeux
Sur les défauts des gens, sur la laideur des choses,
Ne pas bouder la vie, en jouir de son mieux,
Sans peur d'être piqué quand on cueille des roses !

Le Pêcheur et le Motocanot

Dans un creux de la berge, à l'ombre, près d'un saule,
Un pêcheur s'était installé,
Aux dents la pipe, au poing la gaule
Et sur un pliant bien calé.
Son regard vif suivait, au fil de l'eau, la plume
Frôlant les nénuphars et leur frange d'écume,
Et son esprit voguait, au fil du rêve aussi,
Parmi les rares fleurs qu'un souvenir parfume.
Et c'était, loin du monde et de ses lourds soucis,
Le bain d'oubli dans la verdure,
Le plaisir primitif de Pierre et de Colas,
Qui ne vous laisse jamais las
Et vous ramène à la nature.
Et voici que, déjà, ferrés par l'hameçon,
Le chevesne vorace et le brutal gardon,
Suivis de l'espiègle goujon,
Et même
De la prudente brême,
Sont rassemblés dans le filet
Dont le ventre, bientôt replet
Par la friture qui frétille,
Paraît être, au soleil, un sac d'argent qui brille,
Et le pêcheur pensait : « En plus de ce trésor,
Il m'échoit, ce matin, par un bienfait du sort,
Le silence et la solitude ;
Ma joie est dans sa plénitude,
Je règne sur la rive et suis maître des flots ! »
Il n'avait pas fini ces mots,
Qu'un bruit assourdissant s'élève et rompt le charme,
Et dans l'air et dans l'eau porte aussitôt l'alarme :
Tel un monstre irrité, ronflant et trépidant,
C'est un motocanot qui passe,
Sa sirène emplissant l'espace,
D'un cri lugubre et strident
Et sa fine étrave fendant
L'onde limpide
Qui, d'un mouvant chevron, jusqu'à ses bords se ride.
Hélas,
Dans ce remous, dans ce fracas,
Adieu pêche, adieu rêverie ;
Demeurer là serait folie ;
Notre pêcheur n'insiste pas ;
Il démonte sa canne et sa ligne replie
Et vers son domicile achemine ses pas.

Le plaisir de l'un, souvent, nuit à l'autre.
Et le seul plaisir, pour nous, c'est le nôtre.

Le Lièvre et le Fusil

On dit que le lièvre est poltron ;
A mon sens, il n'est que timide.
Le timide a souvent la prudence pour guide,
Je le préfère au fanfaron.

Un chasseur fatigué dormait, au pied d'un orme,
Son fusil, près de lui, sur la mousse, posé.
Un lièvre, survenant, aperçut cette forme
Etendue, à ses yeux, énorme,
Et l'animal, saisi, déjà, se disposait
A précipiter sa retraite,
Quand l'arme, dont l'acier luisait,
Attirant son regard, dans sa fuite l'arrête :
— « Tiens ! Serait-ce un fusil ? se dit-il, intrigué.
Pour en voir un de près, je n'ai jamais brigué ;
Ici, l'occasion, par hasard, se présente
Et me tente ! »
Voilà le curieux s'approchant du fusil
Jusqu'a toucher la crosse et frôler la détente :
— « Oh ! prends garde, imprudent ! Si ton flair est subtil,
Lui dit la bouche à feu, tu dois sentir la poudre
Que je porte en mon sein. L'ours et le sanglier,
Plus que toi courageux, redoutent que ma foudre
Ne leur lance un plomb meurtrier ».
— « Eh bien moi, lui répond le lièvre,
Je ne tremble pas, car je sais
Par mon père — Il te connaissait ! —
Que tu ne suffis pas à nous donner la fièvre.
Pour que tu sois à craindre, il faut que ton patron
Se tienne à l'embuscade, un doigt sur la gâchette,
Mais quand il dort : landerirette ! »
Et, pour bien démontrer son humeur guillerette,
Notre lièvre esquissa le pas du rigodon.

Tout l'appareil de la justice,
Codes et lois, prison, supplice
Ne sont d'aucune utilité,
Quand le pouvoir s'endort sur son autorité.

Les Métamorphoses du Singe

Le singe Fagotin, acrobate émérite
Et clown désopilant, mourut un soir d'hiver,
Et, pendant la parade, aux flons-flons du concert,
Son esprit s'en alla quêter un nouveau gîte
        Dans les cavernes de l'Enfer :
           — « Ah ! te voilà ! lui dit le diable,
Avec tant de malice et de vivacité
Comment n'as-tu pas su te rendre impérissable ?
Vade retro ! Pour acquérir droit de cité
Dans mon royaume, il faut plus de simplicité
Et moins d'orgueil. Aussi, retourne sur la terre
Afin de t'assagir dans le corps d'un baudet ».
A bien meilleur accueil, le Singe s'attendait :
— « Seigneur Pluton, fit-il, votre verdict m'atterre.
Pensez quel déshonneur serait pour Fagotin
        D'entrer dans la peau de Martin !
Et puis, me voyez-vous, roi de la cabriole,
Sous l'aspect d'un grison tirant sa carriole,
        Grimper sur le rebord d'un toit ?
Quelle frayeur, pour les témoins de cet exploit !
Non ! S'il faut, à tout prix, que je change d'espèce,
Souffrez que j'en choisisse une un peu moins épaisse ! »
— « Ambitieux, que voudrais-tu donc devenir ?
Lui demande Pluton, riant de la boutade ».
        L'autre répond : — « Monter en grade,
Etre un homme, tel est mon plus ardent désir,
Pour cela, je voudrais acquérir la parole ! »
— « Tu veux savoir parler ? Sois donc un perroquet ! ›
Et le diable ayant dit, Fagotin prit le rôle
D'un fastueux ara, pourvu d'un bon caquet ;
        Puis, dans le logis d'une vieille
        Bavarde, un peu dure d'oreille,
Le drôle, désormais, coula des jours heureux.
La dame était ravie ; ils jacassaient tous deux,
        Sans d'ailleurs pouvoir se comprendre,
Mais n'est-ce pas, ainsi, le moyen de s'entendre ?
        Ils s'entendaient. L'oiseau faisait
Force tours amusants, mainte grimacerie
        Qui sentaient bien leur singerie.
Et, pour l'encourager, la vieille le grisait
D'un certain vin sucré dont, elle-même, usait.
        Puis l'on chantait quelque romance
Sentimentale, ou bien tel air de contredanse.
Enfin, le soir venu, chacun s'assoupissait

Dans la molle tiédeur de l'atmosphère dense.
Hélas, tout bonheur cesse. A dix jours de distance,
La dame et son oiseau sautèrent le grand pas !
Et voilà, derechef, Pluton dans l'embarras :
— « Je devrais bien, dit-il, t'expédier dans l'onde.
Là, devenu poisson, tu perdrais ta faconde ! »
— « J'ai tout pour être un homme ! » implore Fagotin.
— « Un homme ? Eh ! ce n'est pas certain.
      Es-tu bon ? Vertueux ? Honnête ? »
L'autre répond : « Je suis souple, adroit ; je répète,
Avec l'accent qu'il faut, tout discours qu'on m'apprend ! »
— « Soit, fait Satan, ton dos, habile à la courbette,
      Ton aplomb que rien ne surprend,
Voilà bien de quoi faire une marionnette,
Un pantin sans pudeur, comme sans volonté,
      C'est dit : tu seras député ! »

X

Le Singe et la Poignée de Pois

Bertrand, maître filou, tenait ferme en sa main
Des pois secs, dérobés dans un grenier prochain,
De gros pois farineux, choisis pour la semence,
Et dont il comptait faire, en cachettte, bombance.
Mais voilà qu'en courant, le singe sent qu'un pois
      S'est échappé d'entre ses doigts.
      Un si beau pois, c'est une perte !
      Bertrand le voit qui rebondit
Et, pour le rattraper, notre franc étourdi
      Lance en avant sa main ouverte.
      Vous voyez d'ici tous les grains
      Semés par ce geste à la ronde !
      Quelle aubaine pour les poussins,
Les poules, les pigeons, le coq, à la seconde
Accourant, bec ouvert, et sur les pois tombant
      Comme la peste sur le monde :
Il n'en resta pas un pour le pauvre Bertrand !

Notre magot, hélas, n'avait pas su comprendre,
      — A l'exemple de bien des gens ! —
Qu'un léger sacrifice est preuve de bon sens
Pour qui tient à son bien et prétend le défendre.
Harpagon, avant lui, l'apprit à ses dépens.

L'Enfant et le Hanneton

Tout fier de son habit marron
Et de son gilet noir à la blanche bordure,
Par un soir de printemps, Messire Hanneton
Prenait le frais dans la verdure.
C'était à l'heure où la clarté
Se meurt dans une apothéose,
Où le chiendent, l'ortie ont, sous la poudre rose
Du couchant qui les farde, un air d'étrangeté
Grandiose.
Et l'insecte exultait, ivre d'activité,
Après trois ans vécus dans la nuit de la terre,
Heureux d'être un coléoptère
Et de pouvoir courir, voler, comme un oiseau,
Lui qui rampait hier, miséreux vermisseau !
Ah ! pourquoi fallut-il qu'en cette thébaïde
Le charme fût rompu par un couple intrépide
D'enfants.
Lui, Paul, orgueil de ses parents,
Ne rêvant que ballon, moteur, aéroplane,
Vit l'insecte juché sur un brin de bardane,
— « Un hanneton. Berthe, vois donc ! »
Fait-il, joyeux, tenant déjà la bestiole
Captive entre ses doigts : Vite, un fil, un cordon,
Que je l'attache et qu'il s'envole ! »
Puisant dans sa trousse à broder,
Berthe a tôt fait de dévider
Un long fil de soie écarlate
Et de serrer un nœud coulant
Autour d'une fragile patte,
Et voici l'animal devenu cerf-volant !
Paul en tient la ficelle et, dans l'air, le dirige.
S'il veut aller sur quelque tige,
Aussitôt, d'un coup violent,
Le gamin, tyrannique, en arrière le tire ;
S'il veut se poser sur le sol,
Berthe, le rattrapant au vol,
Comme un caillou le lance, et ce jeu la fait rire !
Enfin, à bout de force, il tombe et fait le mort,
Espérant, par la ruse, échapper au martyre.
Vain espoir : il suivra son sort !
On le relève, on le harcèle :
— « Paresseux, lui dit Paul, allons, rouvre ton aile. »
La bête lui répond : — « Pitié, je suis si las,
Délivrez-moi de la ficelle ! »
— « Pourquoi ? Je ne te comprends pas,

Fait le gamin, railleur ; tu n'es pas mis en cage ?
— « Non, dit le hanneton, mais je suis arrêté
Dans l'élan de mon vol, contre ma volonté.
        Il n'est, pour moi, pire esclavage
        Qu'un faux-semblant de liberté ! »

XII

La Pie, la Colombe et le Paon

La timide Colombe et Commère la Pie
        S'en revenait, de compagnie,
Ayant rendu visite à Monseigneur le Paon,
Visite officielle et de cérémonie
Que l'on fait, par devoir, aux premiers jours de l'an :
        — « Nous voilà quittes de corvée,
Soupire la Margot. Ce paon, quel orgueilleux !
        Quel poseur ! A notre arrivée,
Ne l'avez-vous pas vu faire l'avantageux,
        Se camper sur ses pieds hideux,
        Tête haute et queue étalée ?
Tout ça pour nous servir, en fait de compliments,
        Quelques cris rauques, discordants !
        Ma chère, on a raison de dire
        Que le pédant apprête à rire ».
— « Pardon, je ne ris pas, dit l'oiseau de Cypris,
N'ayant point remarqué ses pieds, ni son ramage,
        Mais seulement son beau corsage
Fait de soie éclatante, aux tons d'or et d'iris,
L'éventail de sa queue, au riche coloris,
        Qui servit à Dieu de palette.
Enfin, sa tête fine à la tremblante aigrette.
Je ne vois pas pourquoi ce paon vous a déplu,
Il est plus d'un oiseau beaucoup plus mal pourvu ! »
        Et, sur ce trait, juste sentence,
Vers son toit coutumier, la colombe s'élance.

        Avant de juger ton prochain,
        Regarde au tréfonds de toi-même,
Qu'il ait de noirs défauts, tu seras moins certain,
Et, loin de le blâmer, tu prétendras qu'on l'aime.

XIII

Le Chêne et le Lierre

Un jour, un chêne gigantesque,
Qui semblait un pilier de la voûte des cieux,
Entendit une voix, au ton sentencieux,
Lui tenir ce discours burlesque :
— « Seigneur de la forêt, garde-toi de l'orgueil
Qui, de plus d'un roi, fit la perte.
Si les dieux irrités fauchaient ta cime verte,
J'en serais fort chagrin et je prendrais le deuil.
Chêne, je t'en conjure, entends mon cri d'alerte,
Abaisse ton regard vers moi,
Ton ami, le modeste lierre,
Et considère,
Que, sans tapage, en toute humilité, ma foi,
J'arrive à m'élever presque aussi haut que toi ».
— « Oui-da, fit le géant, je goûte fort ce prêche !
Il te sied bien, à toi, de te montrer revêche !
Parasite incongru, qui vis de ma vigueur,
Aurais-tu donc le front de m'en tenir rigueur ?
Si j'ai pu me dresser au point où je me campe,
Je n'en dois qu'à moi seul le mérite et l'honneur ;
Tandis que, pour grandir, un jaloux de ta trempe
Se sert de deux moyens : il s'accroche ou bien rampe ! »

XIV

La Victoire sans mérite

Grisé par l'encens des vivats
Qui glorifiaient sa victoire,
Un lutteur pérorait, avec des gestes fats,
Comparant son succès aux grands faits de l'Histoire.
Il avait, selon lui, dominé le vaincu
Dès le début de la rencontre,
Et s'il avait permis que l'autre survécût
C'est que son cœur loyal ne pouvait aller contre

                Sa haute générosité.
Le sage Esope, outré de tant de vanité,
Fendit la foule vile et fit signe à l'athlète
            Qu'il voulait, à son tour, parler :
— « Parle, dit le vainqueur, avec pareille tête
Quelle femme as-tu donc le dessein d'enjôler ? »
                — « La Sagesse, ne t'en déplaise,
            Lui repartit le phrygien ;
Sans avoir débité ni discours, ni fadaise,
            Je suis déjà du dernier bien
Avec elle, et voilà que, tout bas, à l'oreille,
            La bonne fille me conseille
De te poser ici certaine question.
                — « Pose-la, j'écoute, histrion ! »
                — « Or ça, Milon, ton adversaire,
Sur toi l'emportait-il en force musculaire ? »
— « Triple sot, répond l'autre, aurais-tu donc des yeux
Pour ne rien voir ? A tous, il fut assez visible
Que, sans aucun effort, je me fis invincible ».
— « Ainsi, conclut le Sage, étant plus vigoureux
Tu défis aisément un athlète piteux ?
Ne compte pas sur moi pour exalter ta gloire,
Ce qui me touche plus qu'un succès illusoire
            C'est le courage malheureux ! »

XV

L'Abeille et Jupiter

            Une abeille du Mont Hymette,
L'aïeule, à ce qu'on dit, du plus ancien rûcher,
Afin de célébrer, à sa façon, la fête
            De Jupiter et de toucher
Le noble cœur du Dieu, mit, dans la cassolette
Parfumant son autel, un beau rayon de miel.
Jupin en fut charmé — « L'humble présent me touche
Autant que le plus riche. Aussi, Madame Mouche,
Dit-il, faites un vœu, pour vous essentiel,
Et je l'exaucerai ; vous avez ma promesse ».
L'abeille répondit : — « Grand Dieu, tout mon labeur
Ne profite qu'à l'homme ; il me pille sans cesse !
Faites-moi don d'une arme afin qu'il prenne peur
Quand je voltigerai tout près de son visage :
            La peur, je crois, le rendra sage ;

S'il passe outre, je sévirai ».
Jupin, qui tenait l'homme en la plus grande estime,
        N'exauça le vœu qu'à regret.
L'abeille eut l'aiguillon, mais elle en fut victime ;
        Le dard était constitué,
        En effet, de telle manière
        Que, dès qu'elle voulut tuer,
        Il la fit mourir la première.

Ce récit vient d'Esope. Au temps du Phrygien,
Comme aujourd'hui, le mal fut le pire moyen :
A qui veut s'en servir, bientôt la chance tourne
Et contre lui, souvent, son arme se retourne.

XVI

Le Gland et le Champignon

        Du chêne, dont il se détache,
Un gland tombe au hasard. La fable nous apprit
Qu'un certain jour, le nez d'un rustique en souffrit.
Une autre fois, dit-on, son pareil atteignit
Un cèpe bordelais : — « C'est maladroit et lâche,
Lui dit le champignon, de me frapper ainsi,
        Moi qui ne t'ai pas cherché noise ».
— « Hein ? répliqua le gland, quel est donc celui-ci
        Qui me maltraîte et qui me toise ?
        Comment, c'est toi, fils du fumier,
        Toi qui prétends dresser la tête,
Sur un sol enrichi, dès le siècle dernier,
Par mes nobles aieux ? Vraiment, rien ne t'arrête !
Je te trouve, à la fois : orgueilleux, familier,
                Et grossier ».
— « Oh ! répondit le cèpe, épargne-moi, de grâce !
        Un digne descendant des preux
Doit, à l'égard d'un serf, se montrer généreux.
Je ne puis invoquer ma haute et noble race,
Mais je ne rougis pas de mon obscurité ;
A défaut de noblesse, on m'accorde un mérite :
J'ai la chair savoureuse et Savarin me cite
        Comme un régal, dans son traité.
        Du fin gourmet, je suis goûté,
        Alors que, malgré ta naissance
        Dont tu tiens tant de vanité,
Tu n'es bon qu'à servir aux pourceaux de pitance ! »

L'Avion et le Ballon libre

Par hasard, au cours d'une fête,
Le ballon libre et l'avion
S'étant rencontrés tête à tête
Ont lié conversation.
Le premier, retenu par de lourds sacs de sable,
Fit, en se dandinant, un salut fort aimable
A l'appareil volant : « Bonjour, bruyant ami,
Lui dit-il, je te trouve, au sol, plus agréable
Que dans l'air, parmi
Les nuages
Alors, tu n'envisages
Que la seule vitesse et, vrai dragon ailé,
Bête de proie, aigle rapace,
Tu troubles, d'un fracas de tonnerre endiablé,
La paix auguste de l'espace ! »
Sur ce, tout fier, l'autre répond :
— « Ancêtre, oublies-tu donc
Qu'on salue en moi le progrès qui passe ;
Que, par ma puissance, aussi par mon audace,
J'abrège la distance et j'abolis le temps ? »
— « La distance ! Le temps ! Mais c'est là justement
Tout ce qui fait le voyage attrayant !
Proteste le ballon. Sais-tu pas quel délice
On éprouve en voguant
Dans le calme, au rêve propice,
Longtemps, sans hâte, au fil du vent ? »
— « Désarmé devant son caprice ?
Merci, dit l'avion, moi je tiens à savoir
Où je vais, et je veux, à mon seul gré, pouvoir
Remonter le courant et dominer sa force ».
— « Ainsi, c'est à lutter que le progrès s'efforce !
Conclut l'aérostat.
L'élément devient l'adversaire ;
On le dompte, ou lui vous abat :
Le sort est triste en notre ère ;
On ne vit plus, on combat ! »